リスの手紙《てがみ》

はた みゆき

文芸社

もくじ

本文イラスト／はた　みゆき

リスの手紙《てがみ》

希望《きぼう》の匂《にお》い

よく晴《は》れたある朝《あさ》、ぐっすりと眠《ねむ》っていたリスは、頬《ほほ》を長《なが》いひげか何《なに》かでくすぐられたような感《かん》じがして目《め》を覚《さ》ました。窓《まど》からは清々《すがすが》しい朝《あさ》の光《ひかり》が差《さ》し込《こ》んでいた。

「春《はる》だ！」

リスは叫《さけ》ぶと、いなずまのようにベッドからとび起《お》きて、外《そと》へ飛《と》び出《だ》していった。

春《はる》は、窓外《そうがい》の空気中《くうきちゅう》にも、冬《ふゆ》の間暗《あいだくら》く沈《しず》んでいたリスの家《いえ》の中《なか》にまでも入《はい》り込《こ》むと、どこかから何《なに》かが「出《で》てこい、出《で》てこい」と呼《よ》んでるみたいに、そわそわとしてじっとしていられない気持《きも》ちで、そこら中《じゅう》をいっぱいにしてしまった。

リスは全速力《ぜんそくりょく》で森《もり》を駆《か》け抜《ぬ》けた。リスの足元《あしもと》には、サラサラの気持《きも》ちよい雪《ゆき》があり、木々《きぎ》の根元《ねもと》にはまだ深々《ふかぶか》と雪《ゆき》が積《つ》っていたけれど、頭上《ずじょう》には晴《は》れた春《はる》の朝《あさ》によく見《み》かける、鮮《あざ》やかな水色《みずいろ》の空《そら》が一面《いちめん》に広《ひろ》がっていた。

「クマ！」

リスは森《もり》のすみっこにあるコケだらけの柏《かしわ》の木《き》のところに来《く》ると、うろの戸口《とぐち》を勢《いきお》いよくたたいた。何《なん》の返事《へんじ》もなかったので、今度《こんど》はもっと強《つよ》くたたくと、木《き》の中《なか》から「まだ、留守《るす》です」という、ぼんやりした声《こえ》が聞《き》こえてきた。

「クマ！　クマ！」

それでもリスがあきらめずに三度目《さんどめ》をたたくと、中《なか》からうろの戸《と》が開《あ》いてクマが出《で》てきた。

朝《あさ》の光《ひかり》の中《なか》で、クマはまだ体中《からだじゅう》をこわばらせ、顔《かお》も洗《あら》わず、しっぽもとかさず、目《め》もくっついているようなありさまだった。

「リス？　どうしたの？」

クマが言《い》った。

「春《はる》だよ！　春《はる》が来《き》たんだ！」

もどかしそうに地《じ》だんだを踏《ふ》んでリスが叫《さけ》んだ。

クマは辺《あた》りを見回《みまわ》し、春《はる》の訪《おとず》れに気《き》づくとすっかり目《め》を覚《さ》まして、リスと一緒《いっしょ》に雪《ゆき》の中《なか》に駆《か》け出《だ》した。

雪《ゆき》といっても、今《いま》はもう雪《ゆき》どけのぬかるみにすぎなかった。春《はる》の日差《ひざ》しに雪《ゆき》はどしどしとけて、緑《みどり》の草《くさ》むらがいたるところに顔《かお》をのぞかせていた。

リスとクマは、ぬかるみや濡《ぬ》れた草《くさ》ですべりどおしで、すっかり泥《どろ》だらけになった。まるで、かけっこ競争《きょうそう》のピストルがなる寸前《すんぜん》のように胸《むね》がわくわくして、手《て》も足《あし》もうれしさで今《いま》にもパチン！　とはちきれそうだった。

「春《はる》だ！」

リスとクマは口《くち》ぐちに叫《さけ》んだ。

森《もり》は暖《あたた》かく明《あか》るく、息《いき》を吸《す》い込《こ》むと、あこがれや希《き》望《ぼう》の匂《にお》いが胸《むね》いっぱいに満《み》ちてきた。

モグラの落《お》とし物《もの》

朝《あさ》早《はや》く、ドアをたたく音《おと》がした。まだ夜《よ》明《あ》け前《まえ》かもしれなかった。

「誰《だれ》？」

リスはまだベッドで寝《ね》ていた。

「ぼくだよ」

声《こえ》が答《こた》えた。

「ぼくって？」

声《こえ》は答《こた》えなかった。

「やれやれ」

リスはベッドから抜《ぬ》け出《で》た。

ドアを開《あ》けると、戸口《とぐち》に誰《だれ》かが本当《ほんとう》に小《ちい》さくちぢこまって、うずくまっていた。

「モグラ！」

リスが驚《おどろ》いて駆《か》け寄《よ》ると、モグラはよけいに小《ちい》さくちぢこまった。

「ここで何《なに》してるの？」

「モグラじゃないんだ、もう」

モグラの声《こえ》は深刻《しんこく》で、沈《しず》んでいた。

「どうして？」

「大切《たいせつ》なシャベルが、なくなっちゃったんだ」

リスはまだかすむ目《め》をごしごしこすって、大《おお》きく開《ひら》いてモグラを見《み》た。

本当《ほんとう》に、モグラにはシャベルがなかった。あの、どんな堅《かた》い土《つち》にもトンネルを掘《ほ》れる自慢《じまん》のシャベルが……。

「ぼくはもう穴《あな》を掘《ほ》れない」

モグラが言《い》った。

「だから、ぼくはもうモグラじゃないんだ」

リスはひどく困惑《こんわく》した。リスの前《まえ》にいるのは間違《まちが》いなくモグラだったけれど、穴《あな》を掘《ほ》らないモグラをモグラと呼《よ》べるのか、本当《ほんとう》のところリスにはよく分《わ》からなかった。

リスはお茶《ちゃ》を注《つ》いでモグラの前《まえ》に置《お》いた。

「ありがとう」

モグラは、ゆっくりとお茶《ちゃ》を飲《の》んだ。

「どうしてなくなっちゃったの？」

リスは言《い》って、モグラの顔《かお》をじっと見《み》つめた。

モグラは眉間《みけん》に深《ふか》いしわをよせて、苦《くる》しくってしかたない、という顔《かお》をして話《はな》した。

「どこかに落《お》としちゃったみたいなんだ。眠《ねむ》っている間《あいだ》に……」

リスはまだ、眠《ねむ》っている間《あいだ》に何《なに》かを落《お》としたことはなかった。そ

う言《い》うとモグラは、ときどきなくなるし、以前《いぜん》にも何度《なんど》か落《お》とした
ことがあるんだ、と言《い》って肩《かた》を小《ちい》さくした。

リスとモグラは、しばらく黙《だま》ってお茶《ちゃ》を飲《の》んだ。

「もしシャベルがなくなっちゃっても……」

リスは慎重《しんちょう》に切《き》り出《だ》した。モグラは、濡《ぬ》れたように光《ひか》る小《ちい》さな黒《くろ》
い瞳《ひとみ》でリスをじっと見《み》つめた。

「モグラはモグラだし、きみはモグラに間違《まちが》いないよ」

「穴《あな》が掘《ほ》れなくても？」

リスは力強《ちからづよ》くうなずいてみせた。

「穴《あな》が掘《ほ》れなくても」

モグラはしばらくの間《あいだ》、「いや……でも」とか、ぶつぶつとつぶ

やいたり、ときどき「うん、うん」とうなずいたり、そうかと思《おも》うと、はっと顔《かお》を上《あ》げ強《つよ》く首《くび》を横《よこ》に振《ふ》ったりした。

けれども、やがてモグラは「ほっ」と大《おお》きな溜《た》め息《いき》をついて、リスにお茶《ちゃ》のおかわりをたのんだ。

「リスが、そう言《い》うなら」

ふたりは仲良《なかよ》くお茶《ちゃ》を飲《の》んで、リスの出《だ》してきたビスケットを二枚《にまい》ずつ食《た》べた。

遠《とお》くではカッコウが鳴《な》きはじめ、東《ひがし》の空《そら》が白《しら》みはじめていた。

太陽《たいよう》が昇《のぼ》りきる前《まえ》に、モグラはリスにさよならを言《い》い、家路《いえじ》についた。もう、モグラの額《ひたい》の深《ふか》いしわは消《き》えていた。

「気《き》をつけてね！」

モグラの足《あし》どりは、初《はじ》めはよたよたと頼《たよ》りなげだったけれど、しだいに確信《かくしん》に満《み》ちて力強《ちからづよ》くなっていった。

リスは、モグラの姿《すがた》が小《ちい》さく黒《くろ》い点《てん》になるまで戸口《とぐち》の前《まえ》のブナの枝《えだ》に立《た》って見送《みおく》った。

モグラにシャベルがあるかないか、あるいは、穴《あな》が掘《ほ》れるか掘《ほ》れないかなんて、ちっとも問題《もんだい》じゃない、とリスは思《おも》った。

もし、モグラがモグラという名前《なまえ》ではなく、ゴソゴソとかモコモコとか変《へん》な名前《なまえ》だったとしても、やっぱりリスは、ゴソゴソやモコモコと友達《ともだち》になっただろう、と思《おも》った。

そのころ、家《いえ》にもどったモグラは、昨日《きのう》眠《ねむ》る前《まえ》にシャベルを戸棚《とだな》の一番下《いちばんした》のひき出《だ》しの奥《おく》にしまったのを思《おも》い出《だ》した。

モグラは大喜《おおよろこ》びで、さっそくシャベルを元《もと》にもどそうとしたけれど、すぐに考《かんが》え直《なお》し、そのままひき出《だ》しに入《い》れてベッドにもぐり込《こ》んだ。

——でも、やっぱり今日《きょう》はいい、今日《きょう》は眠《ねむ》ろう。穴《あな》を掘《ほ》るのはやめて、今日《きょう》はもう少《すこ》し眠《ねむ》ろう——

晴《は》ればれとした気分《きぶん》で、モグラは目《め》をつぶった。ある春《はる》の朝《あさ》のことだった。

リスの手紙《てがみ》

リスはクマへ手紙《てがみ》を書《か》いた。

クマへ
しばらく会《あ》いに行《い》きません

リス

そうしたいと強《つよ》く願《ねが》っていることをすぐにはせずに我慢《がまん》すれば、願《ねが》ったことは我慢《がまん》しなかったときよりもずっと特別《とくべつ》になるのだ、と前《まえ》にリスはツグミから聞《き》いたことがあった。

そこでリスはある日《ひ》、クマに会《あ》いに行《い》くのを我慢《がまん》してみることにした。

気持《きも》ちのいい日《ひ》だった。タンポポの綿毛《わたげ》が森《もり》をふわふわとただよい、おだやかな風《かぜ》は甘《あま》い春《はる》の匂《にお》いがした。こんな日《ひ》はいつも、リスはクマとどこかへ出《で》かけたものだった。

リスは戸口《とぐち》の前《まえ》の枝《えだ》に座《すわ》って、じっと我慢《がまん》していた。今《いま》すぐにでもクマの家《いえ》へ駆《か》けていきたい衝動《しょうどう》にかられていたけれど、リスは我慢《がまん》をかき集《あつ》めてじっと動《うご》かずにいた。

太陽《たいよう》が傾《かたむ》き、ブナの木《き》の影《かげ》が長《なが》く伸《の》びるころ、リスはふと思《おも》いたって手紙《てがみ》の文《ぶん》をもう一度《いちど》書《か》いてみた。何度《なんど》か読《よ》み返《かえ》し、リスはクマがこの手紙《てがみ》をどう思《おも》うか考《かんが》えてみた。

しばらくってどのくらいだ？　クマはどう思《おも》ったんだろう。〈ずーっと会《あ》いに行《い》きません〉、あるいは〈もう二度《にど》と会《あ》いに行《い》きません〉だったら？　リスの額《ひたい》に深《ふか》いしわがよった。

もしかしたら〈クマなんて大嫌《だいきら》いだ。一生会《いっしょうあ》いに行《い》かないよ。ふんっ〉って思《おも》っていたとしたら？　リスはその恐《おそ》ろしい考《かんが》えにぞっとして身震《みぶる》いした。

あわてて立《た》ち上《あ》がると、リスはクマの誤解《ごかい》をとく手紙《てがみ》を書《か》こうとしたけれど、つづきに何《なん》と書《か》いていいのか分《わ》からず、部屋中《へやじゅう》をぐるぐると歩《ある》き回《まわ》った。

いったい、何《なん》て書《か》けばいいんだろう？　第一《だいいち》、クマはちゃんと手紙《てがみ》を読《よ》んだのだろうか？　リスは頭《あたま》を激《はげ》しく振《ふ》って思《おも》い直《なお》した。

いや、もしかしたらクマはもうぼくを嫌《きら》いになっているのかもしれないじゃないか！

あまりいちどに考《かんが》えすぎて、リスの頭《あたま》はミシミシと音《おと》をたてた。思《おも》わず頭《あたま》をかかえ込《こ》もうとしたとき、遠《とお》くの木立《こだち》の間《あいだ》からクマがやってくるのが見《み》えた。

「クマ！」

リスは驚《おどろ》いて、大急《おおいそ》ぎでブナの木《き》を駆《か》け下《お》りた。

「どうしたの？　手紙《てがみ》、読《よ》んだ？」

リスの頭《あたま》は今《いま》やパンク寸前《すんぜん》だった。

「うん。ぼく、リスが病気《びょうき》になったのかと思《おも》って、お見舞《みま》いにリスの好《す》きなレンゲのミツを取《と》ってきたんだ」

クマは手《て》に小《ちい》さなビンを持《も》っていた。

「ちょっとしか取《と》れなかったんだけど」

耳《みみ》の後《うし》ろをかいて、クマは言《い》いにくそうに言《い》った。

リスは、クマがレンゲのミツを集《あつ》めるのがあまり上手《じょうず》でないことをよく知《し》っていた。クマの手《て》は、リスの手《て》やレンゲの花《はな》よりずっと大《おお》きかったから、レンゲの花《はな》ごとつぶしてしまい、ほとんどミツが取《と》れないのだった。

「だめだよ！　そんなことしちゃ……」

リスは、自分《じぶん》が怒《おこ》っているのか喜《よろこ》んでいるのか、あるいは哀《かな》しいのか、ちっともよく分《わ》からなかった。

ツグミの言《い》った「特別《とくべつ》」っていうのは、こういう気持《きも》ちなんだろうか？

リスは、ふいに泣《な》きたいときのあの感《かん》じに似《に》た気持《きも》ちになって、ぎゅっと唇《くちびる》をかんでうつむいた。

「どうしたの？　やっぱり具合《ぐあい》がわるいの？」

クマはおたおたして、手足《てあし》をばたつかせた。

「違《ちが》うんだ」

リスは首《くび》を振《ふ》った。

「ぼく、うれしいんだよ。クマに会《あ》えてさ」

リスは、「病気《びょうき》！」「薬《くすり》！」と言《い》ってリスの周《まわ》りをバタバタと駆《か》け回《まわ》るクマを見《み》ながら、ツグミの言《い》った「特別《とくべつ》」という意味《いみ》がほんの少《すこ》し分《わ》かった気《き》がした。

ある春《はる》のおだやかな夕暮《ゆうぐ》れのことだった。

素晴《すば》らしいもの

ある夏《なつ》の初《はじ》めの日《ひ》だった。

リスは、クマにビーバーのダムへ一緒《いっしょ》に遊《あそ》びに行《い》こう、と誘《さそ》いに行《い》くところだった。

森《もり》の木々《きぎ》はすっかりさみどりにおおわれ、それぞれにやわらかい透《す》き通《とお》った葉《は》をいっぱい伸《の》ばしたので、リスがその下《した》を歩《ある》くと、日《ひ》の光《ひかり》もうす緑色《みどりいろ》に染《そ》まった。

金雀枝《えにしだ》の花《はな》の下《した》では、ヒキガエルが陽気《ようき》に踊《おど》り出《だ》していた。ヒキガエルの踏《ふ》みならす軽《かろ》やかな足音《あしおと》は、どうぶつたちの誰《だれ》の耳《みみ》にも輝《かがや》かしい季節《きせつ》がやってきた合図《あいず》に聞《き》こえた。リスはますますはずんだ気持《きも》ちになって、いつの間《ま》にか早足《はやあし》になり、ついには駆《か》け出《だ》していた。

途中《とちゅう》でリスはロバと出会《であ》った。

「こんにちは。リス」

「こんにちは。ロバ」

「おや」

ロバが言《い》った。

「素晴《すば》らしいものを見《み》つけたんですね」

「素晴《すば》らしいもの？」

リスが聞《き》き返《かえ》した。

「うん、素晴《すば》らしいもの」

リスには心当《こころあ》たりがなかった。

「いや、見《み》つけているはずだよ」

ロバは言《い》った。

「分《わ》かるの？」

リスが言《い》った。

「分《わ》かりますとも」

ロバは自信《じしん》たっぷりにうなずいた。

「分《わ》かりにくい人《ひと》もいるけど、分《わ》かったときは、ああこの人《ひと》も、ってうれしくなるんだ」

念《ねん》のため、ロバは一回《いっかい》、リスの周《まわ》りを回《まわ》ってから、リスにあおむけになって足《あし》をバタバタさせてみるように言《い》った。それからリスのしっぽを持《も》ち上《あ》げ、太陽《たいよう》にかざしてもみた。

「間違《まちが》いないよ」

ロバはもう一度《いちど》うなずいた。

「素晴《すば》らしいものを見《み》つけたかどうかってことは、はた目《め》にはちょっと分《わ》からないんだけど、もう素晴《すば》らしいものを見《み》つけた人《ひと》ならすぐに分《わ》かるんだ」

ロバは言《い》った。

「もう、見《み》つけている人《ひと》にはね」

ロバはリスに、というより自分自身《じぶんじしん》に向《む》かって言《い》った。

リスはまだ聞《き》きたいことがあったけれど、

「だめだめ、急《いそ》いでるんだ」

そう言《い》うと、ロバは駆《か》け足《あし》で行《い》ってしまった。

空《そら》はいよいよ青《あお》く澄《す》み、ときどき雲《くも》があわただしく走《はし》りすぎていった。

リスは素晴《すば》らしいものについて考《かんが》えてみた。素晴《すば》らしいものっていったい何《なん》だ？　リスは、ずっと前《まえ》に戸棚《とだな》にしまったまま忘《わす》れていたハチミツのビンやブナの木《き》の下《した》に埋《う》めたクルミの実《み》のことを思《おも》い出《だ》してみたけれど、どれも違《ちが》う気《き》がした。リスはロバが見《み》つけた素晴《すば》らしいものを知《し》りたいと思《おも》った。けれど、リスにはやっぱり見当《けんとう》もつかなかった。

しばらく考《かんが》え込《こ》んで、リスはクマのところへ行《い》く途中《とちゅう》だったのを思《おも》い出《だ》した。クマも素晴《すば》らしいものを見《み》つけているんだろうか？

再《ふたた》び走《はし》り出《だ》そうとして、リスは足元《あしもと》の小石《こいし》につまずいて二《に》、三歩《さんぽ》よろけた。せきばらいをひとつすると、リスは緑《みどり》の日差《ひざ》しの中《なか》を再《ふたた》び駆《か》け出《だ》していった。

クラゲの思《おも》い

クラゲはいつも揺《ゆ》られていた。晴《は》れの日《ひ》も雨《あめ》の日《ひ》も曇《くも》りの日《ひ》も、揺《ゆ》れる波間《なみま》をただよい、ときには激《はげ》しく波《なみ》にもまれた。

クラゲの上《うえ》にはいつも空《そら》があった。

クラゲの下《した》にはいつも海《うみ》があった。

クラゲは揺《ゆ》られた。水《みず》の体《からだ》で、涙《なみだ》の目《め》で、泡《あわ》の耳《みみ》で……。

クラゲの目《め》は空《そら》と海《うみ》だけを見《み》つめ、耳《みみ》は波音《なみおと》と風音《かざおと》だけを聴《き》き、そして歌《うた》だけを歌《うた》った。ときにクラゲは涙《なみだ》を流《なが》したけれど、波《なみ》に洗《あら》われて一度《いちど》も気《き》づかなかった。

「おっ」

ある日《ひ》、クラゲは海《うみ》に溶《と》け出《だ》した。もしかしたら空《そら》のほうにだったかもしれなかった。どちらに溶《と》けたのかはクラゲには分《わ》からなかったし、別《べつ》にどちらでもいいような気《き》がした。

どっちが正《ただ》しいかなんていったい誰《だれ》に分《わ》かるっていうんだ？

クラゲはただ波《なみ》に揺《ゆ》られた。

もう元《もと》の形《かたち》にはもどれないかもしれないな。でも、まあいい。それもいいさ。

クラゲはそう思《おも》った。

「おーいクラゲ……」

上空《じょうくう》を通《とお》りかかったウミネコが呼《よ》んだ。でも、クラゲは返事《へんじ》をしなかった。

たいしたことじゃないさ。だって、そうじゃないか。何《なん》にも意味《いみ》なんてありはしないさ。

クラゲは思《おも》った。

「クラゲ！　クラゲ！」

ウミネコはしばらく呼《よ》んでいたけれど、声《こえ》はしだいに遠《とお》のき、そのうち風《かぜ》と波音《なみおと》以外《いがい》、何《なに》も聞《き》こえなくなった。

ぼくはいつも揺《ゆ》られているなぁ。クラゲは目《め》を閉《と》じた。まあいいさ……。

クラゲはゆらゆらと揺《ゆ》れながら、しだいにあらゆる考《かんが》えから遠《とお》ざかり、やがてひたひたと波《なみ》打《う》つ透明《とうめい》な海《うみ》になった。

カメの散歩《さんぽ》

ある朝早《あさはや》く、カメは散歩《さんぽ》に出《で》た。
辺《あた》りは夏《なつ》の光《ひかり》に満《み》ちていた。
川《かわ》はきらめき、ツグミが鳴《な》きはじめ、遠《とお》くの茂《しげ》みではミツバチが
いばらの間《あいだ》をブンブンと飛《と》び回《まわ》っていた。
カメはゆっくり進《すす》んだ。
やがて太陽《たいよう》が高《たか》く昇《のぼ》り、だんだん暑《あつ》さが増《ま》してきた。

カメはたちまち暑《あつ》くなった。

「なんて体《からだ》が熱《あつ》いんだ！」

汗《あせ》は額《ひたい》から流《なが》れ落《お》ち、あまりにも暑《あつ》かったので、カメの体中《からだじゅう》の血《ち》はグツグツと煮《に》えはじめた。

「ふーっ」

耐《た》えかねたカメは、灌木《かんぼく》の前《まえ》に体《からだ》を投《な》げ出《だ》した。

「こんな天気《てんき》じゃ、お前《まえ》には暑《あつ》すぎるよな、カメ！」

あえいだ声《こえ》でカメは言《い》った。

それからカメは、ゴソゴソと身動《みうご》きをして、やっとの思《おも》いでコウラの中《なか》から抜《ぬ》け出《だ》し、川岸《かわぎし》のやわらかい土《つち》の上《うえ》にコウラを脱《ぬ》ぎ捨《す》てた。

体《からだ》はずっと涼《すず》しくなって、かつてなくカメは身軽《みがる》になり、もうノロノロ歩《ある》く必要《ひつよう》もなくなった。

カメは、今《いま》ならものすごく速《はや》く走《はし》ることさえできるような気《き》がした。

でも、まあ、とカメは思《おも》い直《なお》して、コウラの中《なか》にもどった。

もし、ぼくがそんなことをしたら、誰《だれ》もぼくがカメだって信《しん》じなくなっちゃうかもしれないからね。

カメの額《ひたい》には再《ふたた》び汗《あせ》が浮《う》かんだ。

今《いま》が冬《ふゆ》だって考《かんが》えたらどうかな？　頭上《ずじょう》に広《ひろ》がる鮮《あざ》やかな水色《みずいろ》の空《そら》を見《み》上《あ》げ、カメは考《かんが》えてみた。

目《め》を閉《と》じて、かじかんだ手足《てあし》や寒《さむ》さにこごえたしっぽを思《おも》い出《だ》すと、急《きゅう》に、本当《ほんとう》は今《いま》は冬《ふゆ》で、雪《ゆき》が降《ふ》りはじめていたような気《き》がして、カメはあわてて目《め》を開《あ》けた。

太陽《たいよう》はあいかわらずカメの上《うえ》に照《て》りつけていた。でも、カメはほんの少《すこ》し涼《すず》しくなった気《き》がしていた。

それから、カメは夕方《ゆうがた》までかかって柳《やなぎ》の木《こ》かげにたどり着《つ》いた。目《め》を閉《と》じて頭《あたま》をコウラの下《した》にひっこめると、やがてカメは、ひんやりと身《み》を冷《ひ》やす遠《とお》い季節《きせつ》を夢見《ゆめみ》て眠《ねむ》りについた。

ホタルの心配事《しんぱいごと》

ホタルは月夜《つきよ》の晩《ばん》に丘《おか》にのぼると、やはり丘《おか》にのぼってきてうとうとしていたカラス貝《がい》に尋《たず》ねた。

「ねえ、カラス貝《がい》。もし月《つき》が光《ひか》らなくなったら、すごく困《こま》るよね?」

「うん」

カラス貝《がい》が答《こた》えた。

「もし月《つき》が光《ひか》らなかったら、真《ま》っ暗闇《くらやみ》で、お茶《ちゃ》を飲《の》もうとして間違《まちが》えてハチミツを飲《の》んじゃうかもしれないね。夜《よる》の散歩《さんぽ》の途中《とちゅう》で誰《だれ》かに会《あ》っても、誰《だれ》かさんか分《わ》かりっこないし、みんなゾウとアリを間違《まちが》えるかもしれない。そうしたらもう夜《よる》には誕生日《たんじょうび》パーティーもダンスもできなくなっちゃうね」

「そうかもしれないね」

カラス貝《がい》が答《こた》えた。

でも、まだカラス貝《がい》のまぶたはくっついたままだった。

「とにかくみんな困《こま》っちゃうよね」

ホタルは深《ふか》くて長《なが》い溜《た》め息《いき》をついた。

静《しず》かな夜《よる》だった。ホタルとカラス貝《がい》は並《なら》んで腰《こし》を下《お》ろした。ふたりの頭《あたま》の上《うえ》には、ぽっかりとまるく大《おお》きな月《つき》が浮《う》かんでいた。

「じゃあ、ぼくは？」

ホタルはじっともの思《おも》いにふけっていたようだったけれど、ふいにカラス貝《がい》を見上《みあ》げて尋《たず》ねた。

「もし、ぼくの明《あか》りが光《ひか》らなくなっちゃったら、誰《だれ》が困《こま》るの？」

「誰《だれ》かって？」

カラス貝《がい》は驚《おどろ》いて聞《き》き返《かえ》した。そんなことは考《かんが》えたこともなかった。

「誰《だれ》も困《こま》らないよね」

ホタルが言《い》った。

「ぼくは、これっぽっちも誰《だれ》の役《やく》にも立《た》っていないんだ。無駄《むだ》に光《ひか》ってるだけなんだ」

唇《くちびる》をかんでホタルは目《め》を伏《ふ》せた。

長《なが》い間《あいだ》どちらも黙《だま》っていた。その間《あいだ》もホタルは弱々《よわよわ》しい光《ひかり》でチカチカと明滅《めいめつ》していた。

「ぼく」

カラス貝《がい》はしばらく考《かんが》えてから言《い》った。

「ホタルが光《ひか》らなかったら、ぼくが困《こま》ると思《おも》う」

「どうして？」

足元《あしもと》を見《み》ながらホタルが尋《たず》ねた。

「いや、分《わ》かんないけど」

誰《だれ》が困《こま》るのか、カラス貝《がい》には分《わ》からなかったけれど、ホタルは誰《だれ》

かに困《こま》ってもらいたそうに見《み》えたので、カラス貝《がい》はなんとか力《ちから》にな
りたいと思《おも》った。

「でも、困《こま》ると思《おも》う」

カラス貝《がい》が言《い》った。

それに、不思議《ふしぎ》だったけれど、そう口《くち》にすると、カラス貝《がい》は本当《ほんとう》
に自分《じぶん》がひどく困《こま》ってしまうような気《き》がしてきた。

「ふーん」

ホタルは少《すこ》し顔《かお》をしかめた。

「本当《ほんとう》にカラス貝《がい》は困《こま》るの？」

「うん」

カラス貝《がい》はうなずいた。

「じゃあ」

ホタルの顔《かお》にかすかな笑《え》みが浮《う》かんだ。

「全部無駄《ぜんぶむだ》ってことはないよね」

ホタルはカラス貝《がい》に、というより自分自身《じぶんじしん》に向《む》かって言《い》うと、後《あと》は何《なに》も言《い》わず、黙《だま》ったままチカチカと明滅《めいめつ》していた。

それからホタルとカラス貝《がい》は、月《つき》が姿《すがた》を消《け》して東《ひがし》の丘《おか》の端《はし》に太陽《たいよう》が顔《かお》を出《だ》すまでの間《あいだ》、ずっと一緒《いっしょ》に並《なら》んで過《す》ごした。

星《ほし》が生《う》まれた日《ひ》

ある夜《よる》、リスが寝《ね》ていると、突然《とつぜん》、バタン！　と窓《まど》が開《あ》き、何《なに》かが猛《もう》スピードで家《いえ》の中《なか》へ飛《と》び込《こ》んできた。

「誰《だれ》？」

リスは驚《おどろ》いて、ベッドから飛《と》び起《お》きた。飛《と》び込《こ》んできたのが誰《だれ》なのか、リスは必死《ひっし》に目《め》をこらした。けれど、それはひどく輝《かがや》いていたので、何度《なんど》まぶたを閉《と》じてもまぶしくて何《なに》も見《み》えなかった。

何かは何《なに》も言《い》わず、部屋《へや》の中《なか》を跳《と》んだりはねたり、ダンスをしたり、ときどきとんぼ返《がえ》りをしたりした。おかげでテーブルの上《うえ》のポットはがちゃがちゃと音《おと》をたててはね上《あ》がり、食器棚《しょっきだな》からはお皿《さら》やスプーンが飛《と》び出《だ》してきた。

「ねえ！　きみは誰《だれ》なの？」

リスは叫《さけ》んだ。

「まぶしくって、ちっとも見《み》えやしないよ！」

「ぼくは星《ほし》だよ！」

何《なに》かも叫《さけ》んだ。

「たった今《いま》、生《う》まれたての赤《あか》ちゃん星《ぼし》さ！」

星《ほし》は勢《いきお》いよくはずみ、そして波《なみ》うち、部屋中《へやじゅう》を駆《か》けめぐった。

「星《ほし》だって？」

星《ほし》が遊《あそ》びにくるなんて、リスは聞《き》いたこともなかった。

星《ほし》はまるでそこが夜空《よぞら》であるみたいに、リスの部屋《へや》の天井《てんじょう》でキラキラと輝《かがや》いた。辺《あた》りは真夏《まなつ》の昼日中《ひるひなか》のように明《あか》るく、リスの額《ひたい》にはうっすらと汗《あせ》が浮《う》かんだ。

けれど星《ほし》は突然《とつぜん》、食器棚《しょっきだな》の後《うし》ろをくぐり抜《ぬ》け、入《はい》ってきた窓《まど》から外《そと》へ飛《と》び出《だ》すと、猛《もう》スピードで空《そら》を駆《か》け昇《のぼ》ってしまった。

「また来《く》る？」

リスはあわてて叫《さけ》んだけれど、星《ほし》はあっという間《ま》に遠《とお》ざかり、夜空《よぞら》に吸《す》い込《こ》まれて見《み》えなくなった。

リスは目《め》をこすり、辺《あた》りを見回《みまわ》した。開《あ》け放《はな》った窓《まど》からは月《つき》の光《ひかり》が淡《あわ》く差《さ》し込《こ》み、部屋《へや》の中《なか》を照《て》らしていた。

本当《ほんとう》にまぶしかったなぁ。ベッドにもどり、リスは感嘆《かんたん》の溜《た》め息《いき》をついた。

夜空《よぞら》にかかる星《ほし》は、みんな砂糖《さとう》つぶみたいに小《ちい》さいのに……。

「あっ」

突然《とつぜん》、リスは思《おも》いついてベッドから飛《と》び下《お》りると、窓辺《まどべ》に駆《か》け寄《よ》って夜空《よぞら》を見上《みあ》げた。

星《ほし》と星《ほし》の間《あいだ》は真《ま》っ暗闇《くらやみ》ではなく、ただ見《み》えないだけで、本当《ほんとう》はたくさんの光《ひか》る星《ほし》があるのかもしれないぞ。リスは興奮《こうふん》で顔《かお》を輝《かがや》かせた。大発見《だいはっけん》だった。

ヤドカリの引《ひ》っ越《こ》し

ヤドカリは引《ひ》っ越《こ》すことにした。

海《うみ》の中《なか》で一番《いちばん》暗《くら》くて、誰《だれ》かが突然《とつぜん》訪《たず》ねてきたり、ぶらりと立《た》ち寄《よ》ったりしない、ひっそりとした場所《ばしょ》、それがヤドカリの希望《きぼう》だった。

海《うみ》は果《は》てしなく広《ひろ》かったけれど、どこでも、という考《かんが》えにヤドカリは身《み》ぶるいした。

ヤドカリは熱心《ねっしん》に探《さが》して回《まわ》り、とうとう海《うみ》のすみっこの暗《くら》がりで、誰《だれ》も知《し》らない場所《ばしょ》に家《いえ》をつくった。

「やれやれだ」

これでひと安心《あんしん》、とヤドカリは思《おも》った。

ヤドカリの家《いえ》には窓《まど》も扉《とびら》もなかった。

家《いえ》の外《そと》では、春《はる》には陽光《ようこう》が満《み》ち、夏《なつ》には嵐《あらし》が吹《ふ》き荒《あ》れたけれど、家《いえ》の中《なか》は何《なに》ひとつ変《か》わらなかった。

「家《いえ》は安全《あんぜん》だ」

ヤドカリはそうつぶやくのが常《つね》だった。誰《だれ》ひとりとしてヤドカリの家《いえ》を訪《たず》ねるものはなく、約束《やくそく》もなしに誰《だれ》かがぶらりと立《た》ち寄《よ》ることもなかった。

ヤドカリはうなずき、満足《まんぞく》してハサミをカタカタと鳴《な》らした。にもかかわらず、ヤドカリはまた引《ひ》っ越《こ》しをすることにした。暗《くら》いことには暗《くら》いけれど、こんなに暗《くら》くはなく、こんなにすみっこではない場所《ばしょ》。ヤドカリは、はるか遠《とお》くの明《あか》るい海面《かいめん》を想像《そうぞう》してみた。

それから扉《とびら》と窓《まど》を一《ひと》つだけつくろう。いや、二《ふた》つでもいい。いっそ、三《みっ》つでも。

扉《とびら》は親《した》しい友人《ゆうじん》のために、窓《まど》は美《うつく》しい晴《は》れの日《ひ》のために。ふり返《かえ》れば、海《うみ》には無限《むげん》にありとあらゆるものが広《ひろ》がっていた。

「やれやれだ」

ヤドカリは身動《みうご》きした。新《あたら》しい引《ひ》っ越《こ》しのために。

クマのあこがれ

「本当《ほんとう》は、リスになりたいんだ」

突然《とつぜん》、クマが言《い》った。

森《もり》には秋風《あきかぜ》が通《とお》り抜《ぬ》け、黄《き》や茶色《ちゃいろ》に染《そ》まった落《お》ち葉《ば》がカサカサと音《おと》をたてていた。

「リスに?」

カメは少《すこ》しまたたいた。

クマとカメは、森《もり》の入《い》り口《ぐち》でリスがやってくるのを待《ま》っていると

ころだった。

クマは側《かたわ》らの灌木《かんぼく》に腰《こし》を下《お》ろした。クマの体《からだ》はとても重《おも》かったか

ら、灌木《かんぼく》はミシミシと苦《くる》しげな音《おと》をたててバラバラにくだけた。

「どうして？」

カメは、くだけた破片《はへん》に腰《こし》かけて、首《くび》をかしげた。

クマは体《からだ》についた灌木《かんぼく》の破片《はへん》をパタパタとはらい落《お》として、今度《こんど》

はカメのすぐ隣《となり》の地面《じめん》に直接《ちょくせつ》腰《こし》を下《お》ろした。秋《あき》の地面《じめん》は落《お》ち葉《ば》が厚《あつ》

く積《つも》っていて、クマが思《おも》ったほど冷《つめ》たくも固《かた》くもなかった。

「リスみたいに、枝《えだ》の上《うえ》を身軽《みがる》に走《はし》り抜《ぬ》けたり、枝《えだ》から枝《えだ》へ跳《と》び移《うつ》

ったり、見晴《みは》らしのいいブナの小枝《こえだ》にもたれて眠《ねむ》ったり……。そん

な暮《く》らしがしたいんだ」

カメにも、クマの気持《きも》ちが少《すこ》し分《わ》かる気《き》がした。地面《じめん》の上《うえ》をちょっとずつ進《すす》んで歩《ある》くカメは、枝《えだ》をつたってカメの何倍《なんばい》ものスピードですばしこく移動《いどう》できるリスが、うらやましいと思《おも》ったことがあったから……。

「やってみようか?」

クマは突然《とつぜん》立《た》ち上《あ》がって、木《き》に登《のぼ》りはじめた。

「危《あぶ》ないよ!」

カメは驚《おどろ》いて、座《すわ》っていた灌木《かんぼく》の破片《はへん》の上《うえ》からひっくり返《かえ》った。

けれどクマは木《き》のてっぺんまでよじ登《のぼ》り、隣《となり》の木《き》に跳《と》び移《うつ》った。

小《ちい》さな枝《えだ》がクマの重《おも》さに耐《た》えきれずに折《お》れると、大《おお》きな音《おと》とともに

クマはカメのすぐ近《ちか》くに落《お》っこちてきた。

「いててて」

クマはぶつけたお尻《しり》をさすりながら目《め》をチカチカさせていたが、しばらくして「エヘヘ」と笑《わら》った。

「やっぱり、だめみたいだ」

それからクマは立《た》ち上《あ》がって深呼吸《しんこきゅう》すると、森中《もりじゅう》に響《ひび》く大声《おおごえ》で吠《ほ》えた。あまりに大《おお》きな声《こえ》だったので、カメは再《ふたた》びひっくり返《かえ》って、森《もり》はしばらくビリビリと震動《しんどう》した。

「ぼく、やっぱりクマのままでいいや」

クマが言《い》った。

「うん」

すぐそばで、倒《たお》れたままカメは大《おお》きくうなずいた。

紅茶《こうちゃ》と友達《ともだち》

ある日《ひ》の午後《ごご》、クマはリスの家《いえ》へと森《もり》を歩《ある》いていた。

リスがお茶《ちゃ》に、ハチミツのケーキを焼《や》いて待《ま》っていることになっていた。

クマは最初《さいしょ》、急《いそ》ぎ足《あし》で歩《ある》いたから、リスの家《いえ》に着《つ》くのが少《すこ》し早《はや》くなって、まだケーキが焼《や》き上《あ》がっていないかもしれないな、と考《かんが》えた。

それで少《すこ》しだけ、クマが急《いそ》ぎ足《あし》から早足《はやあし》くらいにスピードをゆるめて歩《ある》いていると、途中《とちゅう》でモグラに会《あ》った。

モグラはちょうど、お茶《ちゃ》に誘《さそ》う相手《あいて》を探《さが》しているところだった。

クマは、せっかくだけれどこれからリスのお茶《ちゃ》に誘《さそ》われているのだと言《い》った。

「たくさんお菓子《かし》があるんだけど」

モグラが言《い》った。

「クルミのクッキーとプリンとクリームなんだ」

クマはモグラのほうを見《み》た。

「でも、クマに約束《やくそく》があるなら、ひとりで食《た》べるか、ほかに誰《だれ》かを誘《さそ》うしかないね」

「うん、そうだね」

クマは答《こた》えたけれど、すぐには歩《ある》き出《だ》さなかった。

「そんなにたくさんあるの？」

クマが聞《き》いた。

「すごくたくさん」

モグラは二本《にほん》の腕《うで》を広《ひろ》げて量《りょう》を示《しめ》した。

「ひとりじゃ食《た》べられないね」

クマが言《い》った。

モグラはうなずいた。

「すごくおいしいんだけど、残念《ざんねん》だなぁ」

モグラは溜《た》め息《いき》をついた。

しばらく沈黙《ちんもく》がつづいた。ときどきクマはぎゅっと目《め》をつぶり、溜《た》め息《いき》をもらしたりした。

もし、断《こと》わると言《い》ったら、ものすごく意地悪《いじわる》だろうな、とクマは考《かんが》えた。あんまり早《はや》く着《つ》いても、リスの邪魔《じゃま》になるかもしれない。邪魔《じゃま》っていうのは、すごく嫌《いや》なことだ。クマはやっぱり少《すこ》しだけ、モグラのお茶《ちゃ》に誘《さそ》われることにした。

結局《けっきょく》クマは、モグラのところでお茶《ちゃ》とクルミクッキーを六枚《ろくまい》、プリンを三皿《みさら》、それにクリームを四杯《よんはい》も食《た》べてしまった。

すっかりリスとの約束《やくそく》に遅《おく》れてしまったことに気《き》づいたクマは、あわてて「さよなら」と「ごちそうさま」を言《い》って、モグラの家《いえ》を飛《と》び出《だ》した。けれど、おなかがいっぱいで、ちっとも早《はや》く歩《ある》くことができなかった。

そのころリスは、とっくにハチミツのケーキを焼《や》き上《あ》げて、待《ま》ちきれずに紅茶《こうちゃ》まで二《ふた》つのカップに注《つ》いでしまい、そわそわとクマがやってくるのを待《ま》っていた。

しばらくの間《あいだ》、リスは戸口《とぐち》の前《まえ》のブナの枝《えだ》に座《すわ》って待《ま》っていたけれど、あまりにもクマが遅《おそ》いので、いよいよ我慢《がまん》ができず下《した》に下《お》りて、クマの家《いえ》に駆《か》けていこうとしたところに、クマがやっとたどり着《つ》いた。

「クマ！」

リスが驚《おどろ》いて叫《さけ》んだ。

リスはクマと並《なら》んでブナの木《き》の根元《ねもと》に腰《こし》を下《お》ろし、黙《だま》っていた。

「ごめんね」

クマは言《い》った。

「怒《おこ》ってる？　リス」

リスは何《なに》も言《い》わず、近《ちか》くに落《お》ちていた柳《やなぎ》の木《き》の枝《えだ》で地面《じめん》に小《ちい》さな穴《あな》を掘《ほ》っていた。

「ほんとに、ほんとにごめんね！」

クマは勢《いきお》いあまって額《ひたい》をブナの木《き》の根《ね》にドシンとぶつけた。

「いたた！」

クマの額《ひたい》には大《おお》きなたんこぶができた。

「もういいよ」

リスが言《い》った。

秋《あき》の冷《つめ》たい風《かぜ》がリスとクマの足元《あしもと》を吹《ふ》き抜《ぬ》けた。もう夕闇《ゆうやみ》がすぐそこまで迫《せま》ってきていた。

「紅茶《こうちゃ》、飲《の》む？」

リスが尋《たず》ねた。

「うん、おねがい」

リスとクマはブナの木《き》を登《のぼ》って、ずいぶん前《まえ》にリスが注《つ》いでおいたお茶《ちゃ》を一緒《いっしょ》に飲《の》んだ。

「おいしいお茶《ちゃ》だね」

額《ひたい》のたんこぶをさすりながらクマが言《い》った。

「とっておきの紅茶《こうちゃ》だったんだ」

リスは言《い》って、すっかり冷《ひ》えたカップの中身《なかみ》をじっと見《み》つめた。

「本当《ほんとう》に、ぼく、リスのうちのお茶《ちゃ》が一番好《いちばんす》きなんだ。本当《ほんとう》に、本《ほん》当《とう》だよ」

そう言《い》ってクマは、ひかえめなチョコレート色《いろ》の耳《みみ》としっぽをうれしそうにパタパタと動《うご》かした。

「うん」

リスにはちゃんと分《わ》かっていた。

クマが一杯目《いっぱいめ》を飲《の》みほしてしまったら、新《あたら》しく、熱《あつ》いもっとずっとおいしいお茶《ちゃ》をいれてあげよう、とリスは考《かんが》えていた。

サメのつぶやき

紺色《こんいろ》の深海《しんかい》で、サメがしゃべるとたくさんの泡《あわ》が立《た》ち上《のぼ》った。

「きみはぼくを見《み》て、どう思《おも》う？

いいんだ。正直《しょうじき》に言《い》ってくれよ。

ぼくはいつも、ひとりぼっちなんだ。ほかの魚《さかな》たちは決《けっ》してぼくに近寄《ちかよ》らない。

なぜって？

みんな、ぼくが怖《こわ》いんだ。ぼくに食《た》べられてしまうからね。

いいや、ぼくだって友達《ともだち》がほしいし、陽気《ようき》な小魚《こざかな》たちと歌《うた》ったり、ダンスして過《す》ごせたなら、どんなに楽《たの》しいだろう。

それでも、ぼくは食《た》べずにはいられないんだ。

きみだってそこから下《お》りてぼくにもっと近《ちか》づいてきたなら、ぼくはいつか必《かなら》ずきみを食《た》べてしまうだろう。だって、ぼくは生《い》きていて、どうしたっておなかがすいてしまうんだから……。

ぼくは、いつでも思《おも》うんだ。

いつか、大《おお》きな恐《おそ》ろしい嵐《あらし》が来《き》たら、渦巻《うずま》く波《なみ》と逆巻《さかま》く波《なみ》から小《ちい》さな彼《かれ》らを、この背《せ》びれと尾《お》びれで囲《かこ》って守《まも》ってあげよう。嵐《あらし》はあんまり激《はげ》しいから、去《さ》った後《あと》にはぼくは疲《つか》れきって死《し》んでしまうかもしれない。だけど、そしたらみんなはぼくを友達《ともだち》だったと、泡《あわ》の涙《なみだ》を流《なが》してくれるだろう」

小魚《こざかな》たちの涙《なみだ》はキラキラと光《ひかり》をはね返《かえ》し、あまりのまぶしさにサメは思《おも》わず目《め》を細《ほそ》めた。

でも、海《うみ》の底《そこ》は本当《ほんとう》に深《ふか》すぎて、嵐《あらし》はちっともやってこなかった。

「だから、ぼくはいつでもひとりぼっちで、嫌《きら》われ者《もの》なんだ」

サメは、たくさんの泡《あわ》を立《た》ち上《のぼ》らせて、よりいっそう深《ふか》く、深《ふか》く海《うみ》に沈《しず》んでいった。

リスのせつない日《ひ》

リスはブナの木《き》が好《す》きだった。

森中《もりじゅう》で一番《いちばん》快適《かいてき》な場所《ばしょ》は、つねづねブナの枝《えだ》であると思《おも》っていた。シイの木《き》もうつぶせになって寝《ね》ると気持《きも》ちよかったけれど、ブナの木《き》に比《くら》べると枝《えだ》ぶりと肌《はだ》ざわりにやや劣《おと》る気《き》がした。

ある日《ひ》の夕方《ゆうがた》、リスはひとりでぽつんとブナの枝《えだ》に腰《こし》かけて、ただぼんやりしていた。秋《あき》の初《はじ》めのころだった。木《き》の葉《は》はすでに紅葉《こうよう》し、森中《もりじゅう》にカエデの葉《は》の甘《あま》い匂《にお》いがただよっていた。

なんだかしんみりしていた。何《なに》かがすっかり抜《ぬ》け落《お》ちて、体《からだ》の真《ま》ん中《なか》が空《から》っぽになってしまったみたいな感《かん》じだった。

リスにはどうしてだか分《わ》からなかったけれど、一年《いちねん》に何日《なんにち》か、こんな夕方《ゆうがた》があった。そういう日《ひ》はとりわけ空気《くうき》が澄《す》んで、空《そら》はしみじみと目《め》に染《し》みるような水色《みずいろ》をしているのだった。

ブナの木《き》から下《お》りて、リスは森《もり》を歩《ある》いてみた。森《もり》は静《しず》かで、リスのほかには通《とお》りかかるどうぶつもまばらだった。

突然《とつぜん》、リスは自分《じぶん》がせつないのだと気《き》づいた。せつない、というのは、かなしい、とは全然違《ぜんぜんちが》う感《かん》じだぞ。リスはそう思《おも》った。もっとわりきれなくて、たよりなく、心《こころ》もとない感《かん》じ。

リスはあてもなく森《もり》を歩《ある》きつづけた。歩《ある》いても歩《ある》いてもせつなさは消《き》えず、深《ふか》い溜《た》め息《いき》がこぼれた。

こんなのはばかげてるよ。ツグミだったらそう言《い》うだろうか?

まだうす青《あお》くて明《あか》るい空《そら》を見上《みあ》げながら、リスは思《おも》った。

川岸《かわぎし》までやってきても、リスは家《いえ》にもどるきっかけがつかめずにいた。リスは片方《かたほう》のかかとに小《ちい》さなまめをつくっていた。やれやれだ。また、溜《た》め息《いき》が出《で》た。

リスが足元《あしもと》に落《お》ちていた小石《こいし》をけると、小石《こいし》は思《おも》いがけなくカラカラと勢《いきお》いをつけて転《ころ》がり、トッポンと音《おと》をたてて水《みず》の中《なか》に飛《と》び込《こ》んだ。ちょうどハスの葉《は》の上《うえ》でうたた寝《ね》をしていたアマガエルは飛《と》び起《お》きて、「驚《おどろ》き! ももの木《き》!」と叫《さけ》んで、背中《せなか》から水《みず》の中《なか》に落《お》っこちた。

太陽《たいよう》は西《にし》の地平線《ちへいせん》に沈《しず》むところだった。なんて日《ひ》だ。リスは少《すこ》しだけ笑《わら》った。

明日《あした》になったら、ツグミに今日《きょう》のことを話《はな》してみよう。そして、ツグミにもこんな日《ひ》があるのか聞《き》いてみよう。

リスは家《いえ》にもどることにした。せつなさは消《き》えなかったけれど、溜《た》め息《いき》は夕陽《ゆうひ》が運《はこ》び去《さ》っていた。リスはまっすぐ家《いえ》に向《む》かって歩《ある》いた。辺《あた》りにはもう、秋《あき》の夕闇《ゆうやみ》がせまっていた。

ツグミの答《こた》え

「飛《と》ぶのに一番《いちばん》いいのは曇《くも》りの日《ひ》なんだ」

冬《ふゆ》のある日《ひ》、ツグミはリスとクマに話《はな》しかけた。

「太陽《たいよう》の昇《のぼ》る前《まえ》の早朝《そうちょう》もいいんだけど、でも一番《いちばん》いいのは曇《くも》りの日《ひ》なんだ」

テーブルの上《うえ》の大《おお》きなお盆《ぼん》には、お茶《ちゃ》の注《つ》がれたティーカップと角砂糖《かくざとう》の鉢《はち》とクリーム入《い》れの壷《つぼ》がのっていた。リスたちは冬《ふゆ》の日《ひ》の短《みじか》い午後《ごご》を一緒《いっしょ》に過《す》ごしていた。

「えっ、ほんと？」

クマが言《い》った。

「うん」

ツグミが答《こた》えた。

「晴《は》れた日《ひ》に飛《と》ぶのはとても気持《きも》ちのいいものだろう？　でも、一番《いちばん》よく飛《と》べるのはやっぱり曇《くも》りの日《ひ》なんだ」

曇《くも》りの日《ひ》？　リスとクマには、そんなことは想像《そうぞう》もつかなかった。ふたりともまだ一度《いちど》も空《そら》を飛《と》んだことがなかったから。

「ふーん」

クマの眉間《みけん》にうすくしわがよった。

「どうしてだろう?」

リスは一瞬《いっしゅん》動《うご》きを止《と》めたあと、二杯目《にはいめ》のお茶《ちゃ》をみんなのティーカップに注《つ》ぎながら聞《き》いた。

「うーん」

ツグミは首《くび》をかしげた。

「よく分《わ》かんないけど」

窓《まど》の外《そと》は曇《くも》りだった。ねずみ色《いろ》の空《そら》はいかにも寒《さむ》そうで、今《いま》にもチラチラと粉雪《こなゆき》が舞《ま》い降《お》りてきそうだった。

部屋《へや》の中《なか》は暖《あたた》かく静《しず》かで、ストーブの上《うえ》でシューシューと湯気《ゆげ》を上《あ》げている茶《ちゃ》わかしの音《おと》以外《いがい》は聞《き》こえなかった。

リスたちはしばらく黙《だま》って、めいめいお茶《ちゃ》を飲《の》んだ。お茶《ちゃ》は温《あたた》かく、枯《か》れ草《くさ》の原《はら》っぱのような匂《にお》いがした。ツグミは、リスの本棚《ほんだな》から勝手《かって》に本《ほん》を抜《ぬ》き出《だ》して読《よ》んでいた。クマはクッキーを三枚《さんまい》食《た》べた。リスはテーブルに肘《ひじ》を突《つ》いて、曇《くも》り空《ぞら》のことを考《かんが》えていた。

そういえば、飛《と》ばしたシャボン玉《だま》がよくもつのも曇《くも》りの日《ひ》だったっけ。リスのまぶたの裏《うら》には、灰色《はいいろ》の空《そら》を気持《きも》ちよさそうにゆうゆうと飛《と》びつづける虹色《にじいろ》のシャボン玉《だま》たちが鮮《あざ》やかに思《おも》い浮《う》かんでいた。

クリスマスの市場《いちば》

リスは市場《いちば》に出《で》かけた。

毎年《まいとし》、クリスマスが近《ちか》づく時期《じき》になると、リスは首《くび》に赤《あか》いマフラーを巻《ま》きつけて、クリスマスのごちそうの食材《しょくざい》やツリーのおかざり、ロウソクなどを買《か》い出《だ》しに出《で》かけるのだった。

真冬《まふゆ》の森《もり》の中《なか》を、リスはキュッキュッと雪《ゆき》を踏《ふ》みしめ、楽《たの》しい気分《きぶん》で歩《ある》いていった。色《いろ》とりどりの店《みせ》の並《なら》んだ市場《いちば》は、にぎやかな音楽《おんがく》とかざりと、身動《みうご》きもままならないほどの買《か》い物客《ものきゃく》でいっぱいだった。みんな両手《りょうて》いっぱいのクリスマスの買《か》い物《もの》をして、興奮《こうふん》で顔《かお》をぴかぴかに輝《かがや》かせている。

リスは今《いま》にも歓声《かんせい》を上《あ》げたり、跳《は》ねるように歩《ある》いたりしそうになるのを我慢《がまん》して、無言《むごん》のまま早足《はやあし》で進《すす》んだ。

空《そら》の色《いろ》が変《か》わっていき、星《ほし》がしだいに瞬《また》き出《だ》すころになっても、市場《いちば》はにぎやかさに満《み》ちていて、ますますごった返《がえ》した。

「あっ、リス！」

「モグラ！」

途中《とちゅう》でリスはモグラに会《あ》った。

モグラとリスはしょっちゅう会《あ》っていたけれど、どちらもひどく興奮《こうふん》して、両手《りょうて》に山《やま》ほど荷物《にもつ》をかかえたまま跳《と》びはねて出会《であ》ったことを喜《よろこ》んだ。

毎年《まいとし》のことだったけれど、今年《ことし》こそは、と買《か》うものを決《き》めていくのに、リスはいつも市場《いちば》の活気《かっき》におされて、つい余分《よぶん》なものまで買《か》ってしまうのだった。

リスは最後《さいご》に市場《いちば》の端《はし》にあるヤツメウナギのおばさんの店《みせ》に寄《よ》った。おばさんの店《みせ》にはたくさんのアメが並《なら》べられ、いつも混《こ》み合《あ》っていた。

おばさんはたいそう丁寧《ていねい》で感《かん》じがよく、話《はな》し好《ず》きだった。大《おお》きな体《からだ》をゆすって陽気《ようき》な目《め》で笑《わら》ったり、おもしろいことを言《い》ったりしてお客《きゃく》を楽《たの》しませてくれたけれど、話《はなし》に夢中《むちゅう》になるあまり、なかなか

店《みせ》から帰《かえ》してくれないのが玉《たま》にきずだった。

リスはしばらく迷《まよ》って、うす桃色《ももいろ》のざらめがついたアメと、青《あお》い縞《しま》の棒《ぼう》つきのアメと、ハッカアメを買《か》った。ハッカアメは特別《とくべつ》おいしいというわけではなかったけれど、リスは毎年《まいとし》、おばさんの店《みせ》に来《く》るとなぜだか必《かなら》ずこれがほしくなるのだった。

店《みせ》を出《で》ると、いつの間《ま》にか夜空《よぞら》には数《かぞ》えきれないほどの星《ほし》がきらめき、月《つき》はリスの一番好《いちばんす》きな形《かたち》で浮《う》かんでいた。

リスは買《か》ったばかりのハッカアメを口《くち》に入《い》れ、寒《さむ》さに鼻《はな》を赤《あか》くしながらにぎやかな市場《いちば》を後《あと》にした。

春《はる》はもうすぐ

冬《ふゆ》のある夜《よる》、リスはふいにこの世《よ》で一番《いちばん》好《す》きな友達《ともだち》の声《こえ》で呼《よ》ばれた気《き》がして、目《め》を覚《さ》ました。

「クマなの？」

初《はじ》め、リスはクマの声《こえ》かと思《おも》ったけれど、そんなはずはなかった。次《つぎ》にツグミやモグラの声《こえ》かと思《おも》ったけれど、どれも違《ちが》う気《き》がした。

窓《まど》からは、ブナの枝《えだ》のすき間《ま》に音《おと》もなく降《ふ》る白《しろ》い雪《ゆき》が見《み》えた。

リスは、えいっ、とばかりに毛布《もうふ》から出《で》ると、寒《さむ》さでたちまち鳥肌《とりはだ》が立《た》ったけれど、ブナの木《き》の下《した》に下《お》りてみることにした。

積《つ》もりたての雪《ゆき》はサクサクとやわらかく、歩《ある》くとてんてんと小《ちい》さな足跡《あしあと》がリスの後《うし》ろにいくつもつづいた。

森《もり》の中《なか》は静《しず》かだった。

「誰《だれ》もいないの？」

リスは辺《あた》りに尋《たず》ねてみたけれど、そのころどうぶつたちはみんなベッドで夢《ゆめ》を見《み》ていた。

それでもリスがしばらく耳《みみ》を澄《す》ませていると、春《はる》のパーティーの音楽《おんがく》やみんなの笑《わら》い声《ごえ》なんかが聞《き》こえる気《き》がした。おまけに目《め》を閉《と》じれば、まぶしい春《はる》の日差《ひざ》しと、やわらかい春雨《はるさめ》のような髪《かみ》をなびかせて踊《おど》るサクラソウの精《せい》たちさえ、鮮《あざ》やかに思《おも》い浮《う》かぶのだった。

すっかりリスがうれしくなってしまったとき、ちょうど鼻先《はなさき》に一片《ひとひら》の雪《ゆき》が舞《ま》い降《お》りてきた。冷《つめ》たさにはっとして、リスが目《め》を開《あ》けて辺《あた》りを見回《みまわ》すと、雪《ゆき》はあいかわらず降《ふ》り積《つも》り、森《もり》はひっそりと静《しず》まり返《かえ》っていた。

リスは一本《いっぽん》のカシワの木《き》にそっと耳《みみ》を当《あ》ててみた。すると、幹《みき》の中《なか》をさらさらと音《おと》をたてて地下《ちか》から吸《す》い上《あ》げられた水《みず》が、春《はる》の小川《おがわ》のように流《なが》れているのが聞《き》こえてきた。リスには、それが春《はる》はもうすぐだよ、という森《もり》からの合図《あいず》だと思《おも》えた。

リスは合図《あいず》にうなずくと、震《ふる》えながら雪《ゆき》を踏《ふ》みしめて帰《かえ》り、ベッドにもどると温《あたた》かな毛布《もうふ》にしっかりとくるまって目《め》を閉《と》じた。

春《はる》は、もうすぐだった。もう、すぐそこまでやってきていた。

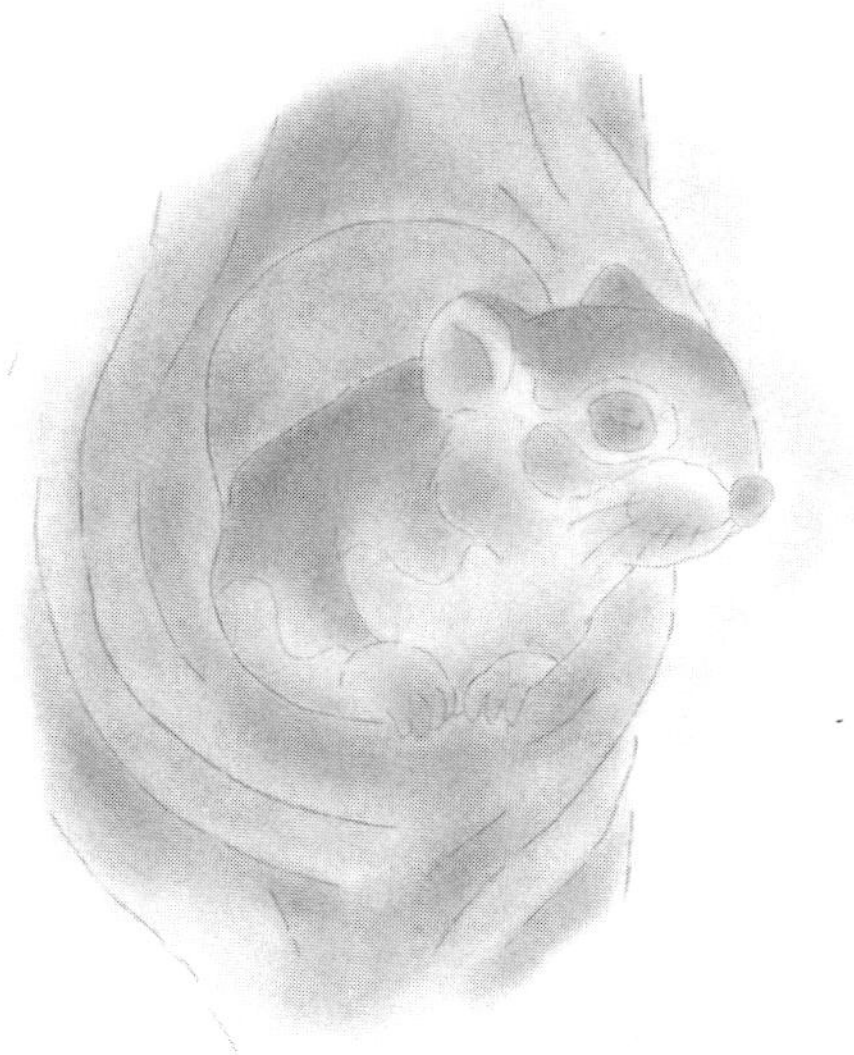

あとがき

私《わたし》は、リスやクマたちのことを今《いま》でもときどき考《かんが》えます。

リスとクマは今日《きょう》も見晴《みは》らしのいいブナの木《き》の上《うえ》のリスの家《いえ》で仲良《なかよ》くお茶《ちゃ》を飲《の》んでいるのだろうか、とか、あるいは、ささいなことでケンカをして、一人《ひとり》ひとりがさびしく過《す》ごしているかもしれない、とか。でも、やっぱりすぐに仲直《なかなお》りしてビーバーダムに旅行《りょこう》に行《い》ったかもしれない、などと、ふと思《おも》ったりするのです。

物語《ものがたり》を書《か》いている間中《あいだじゅう》、私《わたし》はいつも森《もり》の動物《どうぶつ》たちとともに驚《おどろ》き、笑《わら》い、喜《よろこ》び、そしてときには哀《かな》しみながら、同《おな》じ時間《じかん》を過《す》ごしました。

そうしているうちに、いつの間《ま》にか、物語《ものがたり》に書《か》かれた森《もり》の出来事《できごと》や動物《どうぶつ》たちの生活《せいかつ》は、私《わたし》にとって現実《げんじつ》の世界《せかい》のものと同《おな》じように、しっかりと存在《そんざい》するようになっていました。

物語《ものがたり》を書《か》き終《お》えた今《いま》でも、本文《ほんもん》に書《か》かれなかった、作者《さくしゃ》の私《わたし》も知《し》らない森《もり》の時間《じかん》が刻《きざ》まれています。

前作《ぜんさく》の『優《やさ》しい雨《あめ》』という絵本《えほん》を出《だ》させていただいてから、一年以上《いちねんいじょう》が過《す》ぎました。この一年《いちねん》というもの、日々《ひび》の生活《せいかつ》は一見《いっけん》おだやかそうでも、その実《じつ》、毎日《まいにち》めまぐるしい、あるいは途方《とほう》もない出来事《できごと》の連続《れんぞく》で、胸《むね》が押《お》しつぶされるほどの哀《かな》しい別《わか》れもあれば、逆《ぎゃく》に、毎日《まいにち》が待《ま》ち遠《どお》しくなる幸福《こうふく》な出会《であ》いもありました。

本当《ほんとう》に、ものごとは少《すこ》しもひとところにとどまってはくれませんが、さまざまな大波《おおなみ》小波《こなみ》をからくも乗《の》り越《こ》えて、こうして二作目《にさくめ》を出版《しゅっぱん》できるように私《わたし》を支《ささ》えてくれたすべての人《ひと》に、感謝《かんしゃ》を込《こ》めてお礼《れい》を申《もう》し上《あ》げます。

願《ねが》わくば、この本《ほん》を読《よ》んでくださったひとりでも多《おお》くの方《かた》の胸《むね》に、小《ちい》さな幸福《こうふく》の灯《ひ》がともりますように。

二〇〇四年春《にせんよねんはる》

はた　みゆき

著者プロフィール

はた みゆき

1978年、茨城県生まれ。
青山学院大学文学部日本文学科卒業。
東京都在住。
著書に『優しい雨』（2002年、文芸社刊）がある。

リスの手紙《てがみ》

2004年5月15日　初版第1刷発行

著　者　はた みゆき
発行者　瓜谷 綱延
発行所　株式会社文芸社
〒160-0022　東京都新宿区新宿1－10－1
電話　03-5369-3060（編集）
03-5369-2299（販売）

印刷所　株式会社エーヴィスシステムズ

ISBN4-8355-7086-3 C8093